S0-BZO-502

UN ELEFANTE OCUPA MUCHO ESPACIO

UN ELEFANTE OCUPA MUCHO ESPACIO

ELSA BORNEMANN

Ilustraciones de Nora Stella Torres

GRUPO
EDITORIAL
norma

Barcelona, Bogotá, Buenos Aires, Caracas,
Guatemala, Lima, México, Miami, Panamá, Quito,
San José, San Juan, San Salvador, Santiago de Chile.

Copyright © 1975 Elsa Bornemann
Copyright © 1996 para todos los
países de habla hispana y los Estado Unidos
por Editorial Norma S.A.
A.A. 53550, Bogotá, Colombia.

Prohibida la reproducción total o parcial
de esta obra, por cualquier medio,
sin permiso escrito de la Editorial.

Primera reimpresión, 1997
Segunda reimpresión, 1997
Tercera reimpresión, 1998
Cuarta reimpresión. 1998
Quinta reimpresión, 1998
Sexta reimpresión, 1999
Séptima reimpresión, 1999
Octava reimpresión, 2003

Printed in Colombia - Impreso en Colombia
por Gráficas de la Sabana Ltda. Febrero, 2003

Dirección Editorial, María Candelaria Posada
Edición, Cristina aparicio
Dirección de Arte, Julio Vanoy

ISBN: 958-04-3453-0

ÍNDICE

*A mis hermanas Hilda y Margarita,
como cuando crecíamos bajo el
sol del jardín de nuestra casa, al
mismo tiempo que los teros, los
pinos y el laurel.*

UN ELEFANTE OCUPA
MUCHO ESPACIO

Que un elefante ocupa mucho espacio lo sabemos todos. Pero que Víctor, un elefante de circo, se decidió una vez a pensar "en elefante", esto es, a tener una idea tan enorme como su cuerpo...ah...eso algunos no lo saben, y por eso se los cuento: Verano. Los domadores dormían en sus carromatos, alineados a un costado de la gran carpa. Los animales velaban desconcertados. No era para menos: cinco minutos antes, el loro había volado de jaula en jaula comunicándoles la inquietante noticia.

El elefante había declarado huelga general y proponía que ninguno actuara en la función del día siguiente.

—¿Te has vuelto loco, Víctor?— le preguntó el león, asomando el hocico por entre los barrotes de su jaula—. ¿Cómo te atreves a ordenar algo semejante sin haberme consultado? ¡El rey de los animales soy yo!

La risita del elefante se desparramó como papel picado en la oscuridad de la noche:

—Ja. El rey de los animales es el hombre, compañero. Y sobre todo aquí tan lejos de nuestras anchas selvas...

—¿De qué te quejas, Víctor? —interrumpió un osito, gritando desde su encierro—. ¿No son acaso los hombres los que nos dan techo y comida?

—Tú has nacido bajo la lona del circo... —le contestó Víctor dulcemente—. La esposa del domador te crió con mamadera... Solamente conoces el país de los hombres y no puedes entender, aún, la alegría de la libertad...

—¿Se puede saber para qué haremos

huelga?— gruñó la foca, coleteando nerviosa de aquí para allá.

—¡Al fin una buena pregunta!— exclamó Víctor entusiasmado, y ahí nomás les explicó a sus compañeros que ellos eran presos... que trabajaban para que el dueño del circo se llenara los bolsillos de dinero... que eran obligados a ejecutar ridículas pruebas para divertir a la gente... que se los forzaba a imitar a los hombres... que no debían soportar más humillaciones y que patatín y que patatán. (Y que patatín fue el consejo de hacer entender a los hombres que los animales querían volver a ser libres... Y que patatán fue la orden de huelga general...).

—Bah... Pamplinas... —se burló el león—. ¿Cómo piensas comunicarte con los hombres? ¿Acaso alguno de nosotros habla su idioma?

—Sí —aseguró Víctor—. El loro será nuestro intérprete— y enroscando la trompa en los barrotes de su jaula, los dobló sin dificultad y salió afuera. En seguida, abrió una tras otra las jaulas de sus compañeros.

Al rato, todos retozaban en torno a los carromatos. ¡Hasta el león!

Los primeros rayos de sol picaban como abejas zumbadoras sobre las pieles de los animales cuando el dueño del circo se desperezó ante la ventana de su casa rodante. El calor parecía cortar el aire en infinidad de líneas anaranjadas...(Los animales nunca supieron si fue por eso que el dueño del circo pidió socorro y después se desmayó, apenas pisó el césped...).

De inmediato, los domadores aparecieron en su auxilio:

—¡Los animales están sueltos! — gritaron a coro, antes de correr en busca de sus látigos.

—¡Pues ahora los usarán para espantarnos las moscas! —les comunicó el loro no bien los domadores los rodearon, dispuestos a encerrarlos nuevamente.

—¡Ya no vamos a trabajar en el circo! ¡Huelga general, decretada por nuestro delegado, el elefante!

—¿Qué disparate es éste? ¡A las jaulas! —y los látigos silbadores ondularon amenazadoramente.

—¡Ustedes a las jaulas! —gruñeron los orangutanes. Y allí mismo se lanzaron sobre ellos y los encerraron. Pataleando furioso, el dueño del circo fue el que más resistencia opuso. Por fin, también él miraba correr el tiempo detrás de los barrotes.

La gente que esa tarde se aglomeró delante de las boleterías, las encontró cerradas por grandes carteles que anunciaban: CIRCO TOMADO POR LOS TRABAJADORES. HUELGA GENERAL DE ANIMALES.

Entretanto, Víctor y sus compañeros trataban de adiestrar a los hombres:

—¡Caminen en cuatro patas y luego salten a través de estos aros de fuego!

—¡Mantengan el equilibrio apoyados sobre sus cabezas!

—¡No usen las manos para comer!

—¡Rebuznen! ¡Maúllen! ¡Píen! ¡Ladren! ¡Rujan!

—¡Basta por favor, basta! —gimió el dueño del circo al concluir su vuelta número doscientos alrededor de la carpa, caminando sobre las manos—. ¡Nos damos por vencidos! ¿Qué quieren?

El loro carraspeó, tosió, tomó unos sorbitos de agua y pronunció entonces el discurso que le había enseñado el elefante:

—...Conque esto no, y eso tampoco, y aquello nunca más, y no es justo, y que patatín y que patatán...porque... o nos envían de regreso a nuestras anchas selvas...o inauguramos el primer circo de hombres animalizados, para diversión de todos los gatos y perros del vecindario. He dicho.

Las cámaras de televisión transmitieron un espectáculo insólito aquel fin de semana: en el aeropuerto, cada uno portando su correspondiente pasaje entre los dientes (o sujeto en el pico en el caso del loro), todos los animales se ubicaron en orden frente a la puerta de embarque con destino al África.

Claro que el dueño del circo tuvo que contratar dos aviones: En uno viajaron los tigres, el león, los orangutanes, la foca, el osito y el loro. El otro fue totalmente utilizado por Víctor...porque todos sabemos que un elefante ocupa mucho, mucho espacio...

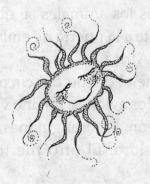

POTRANCA NEGRA

En la estancia de padrino Ernesto, donde estoy pasando mis vacaciones, hay muchos potrillos...¡pero ninguno como mi potranca negra!

Cuando los arados van a dormir su fatiga, ella se me aparece al tranquito, lamiendo el atardecer como si fuera el agua de los bebederos.

Es arisca. No viene cuando yo la llamo sino cuando ella quiere, despeinando los juncales con sus largas crines. Sus huellas van oscureciendo los caminitos de barro.

Espero que toda la gente de las casas se haya acostado y abro las ventanas de mi cuarto para mirarla: la veo trotando sobre malezas y pastizales, escabulléndose entre los cardos, saltando los alambrados...

¡Potranca desbocada! Galopa sobre el campo o sobre los techos, enfriando el aire con su aliento. Sus cascos golpean las puertas y su cola azota molinos y chimeneas. Escucho el roce de su poncho al engancharse en los postes, mientras arroja negrura por todas partes.

A veces, le relincha a la luna, y otras, la lleva sobre la grupa para que reparta sus luces por lagunas y charcos.

¡Potranca salvaje! ¡Imposible cabalgar sobre su lomo! Pero puedo tocarla cuando apago mi lámpara: en ese momento se me acerca mansita y la acaricio. Ella me mira desde la oscuridad de sus ojos enormes y yo la contemplo en silencio, hasta que los gallos abren la madrugada y la mañanita empieza a remontar su barrilete de sol...

Mi potranca huye entonces, tijereteando las sombras...

Más tarde, mientras le cebo unos mates, padrino Ernesto me dice que ésa que tanto quiero es *La Noche* y promete regalarme una yegüita overa, para que no siga imaginando pavadas...Yo sonrío y me callo... Padrino debe de estar celoso: él tiene muchos potrillos...¡pero ninguno como mi potranca negra!

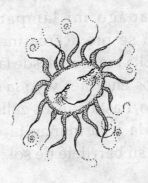

CASO GASPAR

Aburrido de recorrer la ciudad con su valija a cuestas hasta vender —por lo menos— doce manteles diarios, harto de gastar suelas, cansado de usar los pies, Gaspar decidió caminar sobre las manos. Desde ese momento, todos los feriados del mes se los pasó encerrado en el altillo de su casa, practicando posturas frente a un gran espejo. Al principio, le costó bastante esfuerzo mantenerse en equilibrio con las piernas para arriba, pero al cabo de reiteradas pruebas el buen muchacho logró marchar del revés con asombrosa habilidad. Una vez conseguido esto, dedicó todo su empeño para desplazarse sosteniendo la valija con cualquiera de sus pies descalzos.

Pronto pudo hacerlo y su destreza lo alentó:

—¡Desde hoy, basta de zapatos! ¡Saldré a vender mis manteles caminando sobre las manos! —exclamó Gaspar una mañana, mientras desayunaba.

Y —dicho y hecho— se dispuso a iniciar esa jornada de trabajo andando sobre las manos.

Su vecina barría la vereda cuando lo vio salir. Gaspar la saludó al pasar, quitándose caballerosamente la galera:

—Buenos días, doña Ramona. ¿Qué tal sus canarios?

Pero como la señora permaneció boquiabierta, el muchacho volvió a colocarse la galera y dobló la esquina.

Para no fatigarse, colgaba una rato de su pie izquierdo y otro del derecho la valija con los manteles, mientras hacía complicadas contorsiones a fin de alcanzar los timbres de las casas sin ponerse de pie.

Lamentablemente, a pesar de su entusiasmo, esa mañana no vendió ni siquiera un mantel.

¡Ninguna persona confiaba en ese vendedor domiciliario que se presentaba caminando sobre las manos!

"Me rechazan porque soy el primero que se atreve a cambiar la costumbre de marchar sobre las piernas...Si supieran qué distinto se ve el mundo de esta manera, me imitarían...Paciencia...Ya impondré la moda de caminar sobre las manos...", pensó Gaspar, y se aprestó a cruzar una amplia avenida.

Nunca lo hubiera hecho: ya era el mediodía...Los autos circulaban casi pegados unos contra otros. Cientos de personas transitaban apuradas de aquí para allá.

—¡Cuidado! ¡¡¡Un loco suelto!!! —gritaron a coro al ver a Gaspar. El muchacho las escuchó divertido y siguió atravesando la avenida sobre sus manos, lo más campante.

—¿Loco yo? Bah, opiniones...

Pero la gente se aglomeró de inmediato a su alrededor y los vehículos lo aturdieron con sus bocinazos, tratando de deshacer el atascamiento que había provocado con su singular manera de caminar.

En un instante, tres vigilantes lo rodearon:

—Está detenido— aseguró uno de ellos, tomándolo de las rodillas, mientras los otros dos se comunicaban por radioteléfono con el Departamento Central de Policía.

¡Pobre Gaspar! Un camión celular lo condujo a la comisaría más próxima, y allí fue interrogado por innumerables policías:

—¿Por qué camina sobre las manos? ¡Es muy sospechoso! ¿Qué oculta en sus guantes? ¡Confiese! ¡Hable!

Ese día, los ladrones de la ciudad asaltaron los bancos con absoluta tranquilidad: toda la policía estaba ocupadísima con el "Caso Gaspar —sujeto sospechoso que marcha sobre las manos".

A pesar de que no sabía qué hacer para salir de esa difícil situación, el muchacho mantenía la calma y —¡sorprendente!— continuaba haciendo equilibrio sobre sus manos ante la furiosa mirada de tantos vigilantes.

Finalmente, se le ocurrió preguntar:

—¿Está prohibido caminar sobre las manos?

El jefe de policía tragó saliva y le repitió la pregunta al comisario número 1, el comisario número 1 se la transmitió al número 2, el número 2 al número 3, el número 3 al número 4...En un momento todo el Departamento Central de Policía

se preguntaba: ¿Está prohibido caminar sobre las manos? Y por más que buscaron en pilas de libros durante varias horas, esa prohibición no apareció. No, señor. ¡No existía ninguna ley que prohibiera marchar sobre las manos ni tampoco otra que obligara a usar exclusivamente los pies!

Así fue como Gaspar recobró la libertad de hacer lo que se le antojara, siempre que no molestara a los demás con su conducta.

Radiante, volvió a salir a la calle andando sobre las manos. Y por la calle debe encontrarse en este momento, con sus guantes, su galera y su valija, ofreciendo manteles a domicilio...

¡¡¡Y caminando sobre las manos!!!

UNA TRENZA
TAN LARGA...

Nunca le habían cortado el pelo. Ni siquiera se lo habían recortado. Margarita no quería. Por eso lo tenía tan largo. Larguísimo.

Su trenza negra alcanzaba a cubrir una cuadra.

Cuando Margarita dormía, su trenza se estiraba por el dormitorio, se doblaba por la sala, seguía por el balcón y —desde el tercer piso de la casa— caía hacia la calle, saliendo por la ventana que dejaban abierta a propósito.

Para peinarse, Margarita viajaba una vez por semana al campo, con su mamá, su papá, su abuela y sus dos hermanas mayores.

Allá, sobre el ancho verde, la destrenzaban.

Luego, la cepillaban por turno, para no cansarse: su mamá le alisaba los primeros metros de pelo; seguía la abuela, desenredando unos cuantos metros más. A continuación, sus dos hermanas, siempre protestando porque esa tarea las aburría, y —finalmente— el papá, que peinaba los últimos metros del pelo de su hija menor.

Una vez, en plena labor de cepillado, los sorprendió un fuerte viento. El pelo de Margarita se levantó entonces, abriéndose en abanico.

—¡Una nube negra! —gritaron los campesinos—. ¡Tormenta! —mientras pájaros, libélulas, mariposas, langostas y vaquitas de San Antonio quedaban enredados. Lejos de preocuparse, Margarita estaba contenta:

—¡Mi pelo canta! —decía al escuchar los pájaros piando en él—. ¡Uso las más lindas hebillas! —aseguraba el verse adornada por tantas vaquitas de San Antonio.

—¡Debemos cortarte el pelo! —chillaban mamá, papá y la abuela.

—¡Bien corto! —agregaban las hermanas.

Otra vez, su pelo suelto en la noche campesina se llenó de bichitos de luz y hubo que esperar al día siguiente para trenzarlo...

¡Era tan hermoso verlo! ¡Parecía un retacito de la misma noche, bordado con estrellitas!

El problema más grande se presentó la mañana en que Margarita debió ir a la escuela por primera vez.

—¡Tendremos que cortarte el pelo! —le dijeron sus hermanas, riendo.

Claro, ellas estaban un poquito celosas: la mayor tenía una melenita castaña que apenas le rozaba los hombros... La mediana, escasos rulitos apretados en coronita rubia...

Ninguna de las dos lograba que el pelo les creciera tanto como a la más chica...

La mamá trató de encontrar una solución sin contarle el pelo.

—Te recogeré la trenza en un rodete, Margarita... —le dijo esa mañana.

—¡Manos a la obra! —se escuchó a la abuela. Y tomando varios metros de trenza cada una, empezaron a girar alrededor de Margarita hasta formar un enorme rodete sobre su cabeza.

¡Ay! era tan pesado que Margarita no pudo moverse...

¡Ay! Era tan alto que Margarita no pudo salir de su casa... ¡Llegaba hasta el techo!

Entonces, Margarita tuvo una buena idea: llamó por teléfono a todos sus amiguitos y esperó que llegaran a buscarla.

Entretanto, su mamá, su abuela y sus hermanas trabajaban deshaciendo el rodete.

En media hora, la trenza negra ya estaba en libertad.

Al rato, Margarita salió a la calle, bajando por la escalera los tres pisos de su casa, seguida por su trenza. Sus amiguitos ya la estaban esperando, todos con sus delantales blancos.

Margarita subió a la bicicleta, rumbo a la escuela... Y hacia allá fue, con sus amiguitos en hilera cargando la trenza tras ellas:

Sebastián la seguía en triciclo.

Carlitos en *karting*.

Gustavo en bicicleta.

Cristina en remociclo.

Pilar en monopatín.

Aníbal en autito.

Matías corriendo.

Sonia en carrito, empujada por Darío y Hernán, y finalmente Bettina, en patines, sujetándose del gran moño floreado y dejándose arrastrar por los demás...

¡Qué viva!

¡Cómo se divirtieron en la escuela!

Cada recreo, la trenza de Margarita servía para saltar a la soga, para enrollarse en caracol, para formar guardas sobre las baldosas del patio...¡y hasta para colgar un ratito al sol la ropa recién lavada por la portera!

¡Margarita se sentía tan feliz!...

Cuando llegaron las vacaciones, sus papás decidieron hacer un viaje en barco.

—¡Tendremos que cortarte el pelo! —volvió a insistir su hermana mayor.

—¡Bien corto! —agregó la mediana, yendo a buscar las tijeras.

Pero a Margarita se le ocurrió algo, también en esa oportunidad, y no fue necesario cortarle la trenza.

Durante el viaje en barco la dejó caer desde la borda al agua. Su trenza abrió un caminito negro en el río...

¡Cuentan que cuando la izaron, al terminar el paseo, traía pececitos prendidos de su moño!

¡Cómo la aplaudieron los pescadores en la orilla!

Ah...¿Ustedes creen que Margarita se cortó su pelo?

No, no y mil veces no.

Ni siquiera se lo ha recortado.

Su trenza negra cubre ahora dos cuadras y sigue siendo a veces, un retacito de la misma noche, bordado por los bichitos de luz... o una nube oscura, sobre la que el viento sopla pájaros, libélulas, mariposas, langostas y vaquitas de San Antonio... o simplemente una trenza, una trenza tan larga...

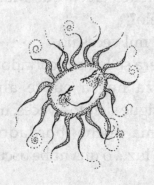

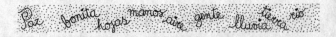

PABLO

El pueblo se llamaba...

Chato y polvoriento, recostado frente al mar, era una cinta de arena y piedra oscura.

Sus habitantes echaron a rodar esa mañana de primavera como una moneda más, sin notar en ella nada diferente.

Al mediodía, la gente se arremolinó en el mercado del puerto, como tantas otras veces.

Aquéllo sucedió por la tarde. El silbato de un tren pasando a lo lejos fue el sonido que señaló el principio. Justo en ese momento, los pescadores quedaron con las bocas abiertas, mientras cantaban recogiendo sus redes. Y de sus bocas ya no salió ninguna palabra. Lo mismo les sucedió a los vendedores del mercado...

a las mujeres en sus cocinas...

a los viejos en sus sillas...

a los estudiantes en sus aulas...

a los más chicos en sus juegos...

Por más que intentaron, ninguno pudo decir ni siquiera una sílaba. Las caras se esforzaron, sorprendidas, una y otra vez. Fue inútil.

El silencio fue un poncho abierto oscureciendo al pueblo. ¿Qué pasaba?.

De pronto, vieron cómo cinco, diez, cuarenta, cien, dos mil palabras saltaban al aire desde sus bocas silenciosas, tomando extrañas formas. Y tras ella fueron, amontonándose en desordenada carrera, sin saber adónde los llevaría ese rumbo sur que señalaban.

Hubo quienes siguieron a la palabra "mar", maravillados por esas tres letras verdes ondulando en la tarde...

Otros prefirieron marchar tras la palabra "sol", partida en gajos de una enorme naranja...

Algunos se decidieron por la palabra "caracol" ...o "viento" ... o "telar" ... o "mariposa" ...o "cebolla" ... o "vino"...o ...

Pero la que congregó la mayor cantidad de caminantes fue la palabra "paz". Esa sí que deslumbraba, con su amplia zeta abierta como la cola de un pavo real...

No les fue posible seguir a cada una en especial. Las palabras eran tantas, tantas, que muchísimas debieron volar en soledad, chocando entre sí en su afán de llegar primero a...¿adónde?.

Pronto lo supieron. La gente detuvo sus pasos ante una casa grande, mirando con sorpresa cómo por la chimenea, por las ventanas, por puertas y cerraduras, todas las palabras se precipitaban convertidas en una fantástica lluvia de letras.

Llovió durante un largo rato.

Entonces entendieron lo que había sucedido y un temblor los unió. Ésa era la casa de Pablo, el poeta, hermano del amor y la madera, amigo de paraguas y copihues, caminador de muelles y de inviernos, timonel del velero de los pobres, voz de tristes, de piedras y olvidados...

Ésa era la casa de Pablo, que acababa de morir...

Las palabras habían perdido su ángel guardián, su domador, su padre, su sembrador...

Ellas lo sabían...Por eso habían sentido su adiós antes que nadie y habían disparado en cortejo, para besar esa boca que ya no volvería a cantarlas...

La noche no se animaba aún a desenrollarse cuando dejó de llover. En ese instante, una niña desconocida salió de la casa de Pablo.

Su vestido blanco fue un punto de azúcar luminoso en la oscuridad. Su pelo en llamas se abrió en antorchas alrededor de su cabeza.

Entonces gritó "¡vida!" y la gente de aquel pueblo que se llamaba...atajó la palabra en movimiento y gritó con ella "¡vida!".

Entonces gritó "¡tierra!" y un aullido coreado por todos rajó la noche: "¡tierra!" Y gritó "¡aire!" ... y "¡agua!" ... y "¡fuego!" ...a la par que de sus manos salían todas las palabras de Pablo, mágicas uvas que repartió entre los que estaban agazapados en su torno.

Y esas uvas se unieron nuevamente en racimos verdes...

Y los versos de Pablo se repitieron una y otra vez...

Y se siguieron cantando una y otra vez...

Y retumbaron como tambores en escuelas y carpinterías, en bosques y mediodías, en trenes y bocacalles, en ruinas y naufragios, en eclipses y sueños, en alegrías y cenizas, en olas y guitarras, en ahoras y mañanas... una y otra vez... una y otra vez... una y otra vez... una y otra vez...

CUANDO FALLAN
LOS ESPEJOS

Tío Gustavo me tiró de las trenzas y luego me hizo girar a su alrededor sosteniéndome de un brazo y de una pierna. Ese es el modo de demostrarme su cariño cuando pasamos varios días sin vernos. Como aquella tarde en que volví de mis vacaciones , por ejemplo.

—¡Nena! ¡Por fin de regreso! —me dijo contento—. Tengo un gran problema con mis dos espejos...Espero que me ayudes a solucionarlo...

Sin darme tiempo para deshacer mi equipaje, me condujo hasta su habitación.

—¿Qué les pasa a tus espejos, tío?

—Están descompuestos... —aseguró preocupado—. Uno atrasa y el otro adelanta.

—¿Como los relojes?

—Justamente. Aunque ningún relojero ha podido repararlos...Ya verás.... Mirémonos en ése... —y conmigo de su mano, mi tío caminó hasta que enfrentamos uno de los dos grandes espejos ubicados sobre las paredes de su cuarto.

—¡Éste ...es el que atrasa! —grité maravillada al descubrir la imagen de una bebita con chupete aferrada a la mano de un muchacho de pelo claro y abundante. ¡Mi tío Gustavo y yo reflejados tal cual éramos varios años antes!

—¿Y ese árbol florecido? —pregunté aún más sorprendida, señalando un macizo roble que se reflejaba a nuestras espaldas.

Mientras abría las ventanas para que las ramas pudieran estirarse cómodamente hacia la calle, mi tío me explicó:

—La mesa y las sillas, nena. Antes de ser muebles fueron ese árbol que ahora vemos en el espejo...

—...¡Que atrasa! —alcancé a agregar antes de que dos ovejitas triscaran mimosas en torno de mí.

—¡Ah, no! ¿Y estas ovejas? —gimió mi tío.

Rápidamente ubiqué el lugar del que habían salido:

—¡La alfombra de lana! ¡La alfombra! —y durante un rato jugué con ellas.

De pronto, una gallina negra aterrizó sobre mi cabeza, cacareando inquieta.

—¡El plumero! —exclamó mi tío desesperado—. ¡Voy a guardarlo! ¡Y la alfombra también! ¡Y la mesa! ¡Y las sillas! ¡Mi habitación se está convirtiendo en una granja! ¿Te das cuenta cuántas complicaciones me trae este espejo que atrasa?

Muy alterado, intentaba colocar la mesa dentro del ropero cuando yo tomé una sábana y cubrí el espejo cuidadosamente. En ese instante, mi tío respiró aliviado.

—No sé qué haría sin esta sobrina tan inteligente... —y, llevándome a babuchas, abandonó su habitación hasta el día siguiente.

¡No podía soportar esa tarde la emoción de reflejarse también en el otro espejo descompuesto!

Pero yo sí. Por eso, no bien se dispuso a dormir su siesta en la reposera del jardín, volví de puntillas a su habitación. ¡Tenía tanta curiosidad por mirarme en el espejo que adelantaba!

Y bien. Me miré. ¡Qué susto! ¡Yo era una viejecita, de pie en medio de una plaza!

¡Vaya si adelantaba ese espejo!

Salí corriendo del cuarto y —casi sin aliento— me arrojé en los brazos de mi tío. Se despertó sobresaltado.

—¡Tío! ¡Tío! ¡Debes mudarte! ¡En...en el sitio que ocupa esta casa van...van a construir una plaza! ¡Y yo...yo soy muy viejita... y llevo rodete...y...!

—Eres apenas una niña así de alta... —dijo él, rozando el aire con su mano izquierda—. Y una niña desobediente además, que fue a mirarse en el espejo que adelanta aprovechando mi sueño... Salgamos a dar una vuelta...

Al día siguiente, cuando entré a su habitación, ansiosa por reflejarme nuevamente en sus averiados espejos, los encontré totalmente compuestos. ¡En cada uno de ellos podía verme tal cual soy!

—Ese ya no atrasa... y aquél no adelanta más— comentó mi tío—. Anoche descubrí la causa de las fallas y los arreglé yo mismo.

—¿Cómo? ¿Cómo?

—Al que atrasaba le di cuerda.

—¿Y al que adelantaba cómo lo reparaste?

—Ah... Es un secreto, nena —y, guiñándome un ojo, se dirigió conmigo hacia el comedor para tomar el desayuno.

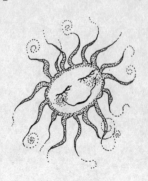

EL PASAJE DE LA OCA

El pasaje de la Oca era una callecita muy angosta...Tan angosta que a las personas que allí vivían les bastaba estirar las manos a través de las ventanas para estrechar las de los vecinos de enfrente. Todos eran felices allí y yo no tendría nada más que contarles si una madrugada no hubiera llegado al Pasaje de la Oca el señor Álvaro Rueda.

Este señor estacionó su automóvil justo a la entrada del pasaje y tocó insistentemente la poderosa bocina hasta despertar a los habitantes de la callecita. En cinco minutos ya estaban todos alrededor del auto, entre dormidos y asustados, preguntándole qué sucedía.

Álvaro Rueda, mostrándoles un plano, les anunció entonces la terrible noticia:

—Señores vecinos, yo soy el dueño de este terreno. Lamento comunicarles que la semana próxima desaparecerá el Pasaje de la Oca. Haré demoler todas las casas, puesto que aquí construiré un gran edificio para archivar mi valiosa colección de estampillas...Múdense cuanto antes —y despidiéndose con varios bocinazos—, puso en marcha su vehículo y se perdió en la avenida.

Por un largo rato, los vecinos del Pasaje de la Oca no hablaron, no lloraron ni se movieron: tanta era su sorpresa. Parecían fantasmas dibujados por la luna, con sus camisones agitándose con el viento del amanecer.

Más tarde, sentándose en los cordones, estudiaron diferentes modos de salvar el querido pasaje:

1) Desobedecer al señor Rueda y quedarse allí por la fuerza.

Pero esta solución era peligrosa: ¿Y si Álvaro Rueda —furioso— ordenaba lanzar máquinas topadoras sobre el pasaje, sin importarle nada? No. En ese caso, lo perderían sin remedio...

2) El Pasaje de la Oca podría ser enrollado como un tapiz y trasladado a otra parte; solución que fue descartada:

—¡No! ¡Imposible! ¡Se quebrarían todas las copas! ¡Se harían añicos las jarras y los floreros de vidrio! ¿Cómo salvarían los espejos?

3) Podrían contratar un hechicero de la India para que colocara el pasaje sobre una alfombra voladora y lo llevara, por el aire, a otra región.

Pero la India quedaba lejos de allí... y el viaje por avión costaba demasiado dinero...

Ya estaban por darse por vencidos, resignándose a perder su querida callecita, cuando el anciano don Martín tuvo una idea sensacional:

—¡Viva! ¡Encontré la solución! Escuchen: nos dividiremos en dos grupos y

cada uno tomará el pasaje por un extremo. Los de adelante tirarán de la calle con todas su fuerzas y los de atrás la empujarán con vigor. De ese modo, podremos despegarla y llevarla, arrastrando hasta encontrar un terreno libre donde colocarla otra vez. ¡El Pasaje de la Oca no será destruido!

—¡Viva don Martín! —gritaron todos los vecinos, contentísimos. Y esperaron la noche para realizar su extraordinario plan.

Fue así como, cuando toda la ciudad dormía, los habitantes del Pasaje de la Oca lo tomaron de las puntas y empezaron la mudanza.

Despegarlo fue lo que más trabajo les costó, porque arrastrarlo no resultó dificultoso.

El pasaje se dejaba llevar como deslizándose sobre una pista encerada.

Pronto se encontraron en la avenida, suficientemente amplia como para permitir el paso de la callecita... Y allá fueron todos —hombres, mujeres y niños—, llevándose el pintoresco pasaje a cuestas, como un maravilloso teatrito ambulante, con sus casitas blancas y humildes bamboleándose durante la marcha, con sus faroles pestañeando luces amarillentas, con sus sábanas bailando en las sogas de las terrazas bajo un pueblito de estrellas echado boca abajo.

La mañana siguiente, abrió sus telones y vio al Pasaje de la Oca instalado en el campo.

Allí, sobre el chato verde, lo colocaron felices.

Esa noche celebraron una gran fiesta y los fuegos artificiales estrellaron aún más la noche campesina.

A la mañana siguiente cuando el señor Álvaro Rueda llegó, seguido por una cuadrilla de obreros dispuestos a demoler el pasaje, encontró su terreno completamente vacío.

—¡El callejón desapareció! —alcanzó a gritar antes de caer desmayado.

Y nunca supo que la generosidad del campo había recibido el pasaje, callecita fundadora del que, con el correr del tiempo, llegó a ser el fabuloso Pueblo de la Oca.

NIEBLA VOLADORA

No se atrevía a contárselo a nadie. Ni siquiera a Tina, que la quería tanto. Tampoco a Bimbo, el gato de al lado. ¿Cómo decirles que estaba aprendiendo a volar? Además, ¿qué diría Tina si se enterara? Seguramente exclamaría asombrada: —¡Mi gata Niebla puede volar!, y entonces... ¡zácate!, su mamá llamaría al veterinario y...

¿Y Bimbo? ¿Le creería acaso? No; era tan tonto...Lo único que le importaba era comer y remolonear... Nunca creería que ella era una gata voladora. Imposible. No podía contárselo a nadie.

Así fue como Niebla guardó su secreto.

Una noche de verano voló por primera vez. Un rato antes había escuchado gritar a las estrellas. ¿Las había escuchado realmente? Tal vez no... Estaba tan excitada sin saber por qué... Se acomodó inquieta en las ramas de la parra, donde le gustaba dormir, y miró hacia abajo. De repente, se dejó caer sobre las baldosas del patio, desteñidas por la mansa luz de la luna. Cayó blandamente, con las patas bien estiradas y la cola ondulando en el vacío.

¡Volar sin alas! ¡Era tan sencillo y hermoso!

¡No se explicaba cómo no lo había hecho antes!

Desde esa vez, Niebla se lanzó a volar cada noche, usando la parra como pista de despegue.

Su cuerpito gris se extendía por el aire hasta alcanzar las copas de los árboles de la vereda... el mástil de la escuela de enfrente... la veleta de la fábrica... la torre de la iglesia...

¡Alto! ¡Cada vez más alto! Cada vez más lejos de los sueños de la gente... Cada vez más cerca de los sueños de la luna... ¡Qué lindo era ver todo desde allí arriba! El aire tibio del verano se rompía en serpentinas a su paso.

Las calles eran rayitas oscuras con fosforitos encendidos aquí o allá. ¡Alto! ¡Cada vez más alto!

Hasta que una noche... El cielo crujió en relámpagos. Las estrellas se pusieron caperuzas negras y ya no se las vio... Una fuerte lluvia se volcó sobre el verano...

Niebla volaba distraída cuando las primeras gotas le mojaron la cola, el lomo, las patas, la cabecita... Tina se despertó en su habitación, sacudida por los truenos.

—¡Niebla! —se dijo, preocupada—. ¡Niebla está en la parra y va a mojarse! —y salió corriendo hacia el patio. Justamente en ese instante, su gata planeaba bajo la parra, tratando de aterrizar sobre las baldosas.

Entonces la vio, Tina la vio:

—¡Mi gata vuela! ¡Mi gata vuela! ¡Niebla es voladora! ¡Qué maravilla!

En un momento, papá y mamá estuvieron a su lado:

—Pero, Tina, ¿qué haces bajo la lluvia?

—¡Ay, Tina, siempre imaginando disparates!

—Solamente las aves pueden volar...

—A la cama, nena, te hará daño mojarte...

—Pobrecita mi Tina, sigue creyendo que su gatita volverá... Ya te traeremos otra...

Tina no los escuchaba. Se dejó llevar hacia su habitación. Se dejó abrigar en su cama. Se dejó besar... y apenas sus padres volvieron a dormirse, se levantó y miró a través de la ventana.

Entonces vio pasar a Niebla, volando entre lluvia y noche sobre los árboles, sobre las veletas, sobre los techos de las últimas casas de la cuadra, sobre la torre de la iglesia, —con su colita ondulando en el vacío—, hasta que no fue más que un punto de humo en el horizonte.

¡Alto! ¡Cada vez más alto!

Desde entonces, Tina lleva su sillita de mimbre a la puerta de su casa las noches de verano y allí se sienta. Mira a lo lejos y no habla.

Sus papás dicen que es una nena muy imaginativa y acarician el solcito de su pelo, al pasar a su lado...

Los vecinos opinan que sueña despierta y cuentan que sus ojos claros son dos paisajes de lluvia, aunque las noches sean tibias y luminosas...

Pero yo sé que Tina sólo espera el regreso de su gata y sé —también— que Niebla volverá alguna noche, volando sobre los tejados, en busca de esa querida parra que filtra la luna sobre el patio... en busca de esa querida niña...

Mientras tanto, Tina espera y crece.

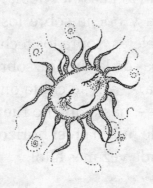

SOBRE LA FALDA

Los Lande formaban una buena familia: papá Tomás, mamá Clara, Tomasito y los mellizos.

Una familia parecida a cualquier otra, aunque diferente sólo por un pequeño detalle, por una costumbre distinta: a los Lande les gustaba sentarse uno sobre la falda de otro... ¡Les encantaba!

En el comedor de su casa no tenían más que una hermosa silla de madera. ¿Para qué más? Papá Tomás la ocupaba para desayunar, almorzar, merendar o cenar y sobre su falda se sentaba mamá Clara… sobre la falda de mamá se sentaba Tomasito… sobre la falda de Tomasito se sentaban los mellizos: primero Javier, después Mónica.

¡Qué divertido era verlos pasándose los platos con la comida! De Mónica partían bien servidos hacia papá y los demás, siempre en orden. De papá Tomás volvían vacíos hacia Mónica. No dejaban caer ni siquiera una miguita.

En el jardín de su casa no había más que una mecedora de hierro forjado, bien reforzada, para soportar el peso de los cinco juntos.

Y allí se balanceaban durante las noches de verano, mientras papá, mamá, Tomasito y Javier cantaban y Mónica tocaba la guitarra.

Así, pues, mientras estaban en su casa, no tenían ningún inconveniente en sentarse como se les antojara… ¡Pero la familia Lande quería hacer lo mismo en todas partes!

Una tarde fueron al cine. Papá Tomás compró cinco entradas... ¡pero ocuparon solamente una butaca!

Tal como de costumbre, se sentaron uno sobre la falda del otro y las cuatro butacas restantes las utilizaron para colocar sus abrigos, sus sombreros y sus bufandas.

Por supuesto, las personas que estaban ubicadas detrás de ellos comenzaron a protestar:

—¡No podemos ver la película!

—¡Que se sienten separados!

—¡Socorro! ¡Hay cinco locos en la sala!

A los dos minutos, la linterna del acomodador alumbraba a la familia Lande, que —sin hacer caso a los gritos de la gente— continuaba viendo la cinta tranquilamente.

El acomodador —asombradísimo— los invitó a ocupar las cinco butacas o retirarse inmediatamente.

—¡No, no y no! ¡No nos sentaremos separados! —chilló mamá Clara.

—¡Yo he pagado cinco plateas y tengo el derecho de ocuparlas o no! —agregó papá Tomas.

—¡Así estamos cómodos! —aseguraron los mellizos, mientras Tomasito rezongaba en voz baja.

Pero el acomodador no atendió sus razones.

La familia Lande abandonó el cine enojada:

—¿Sentarnos separados? ¡Jamás!

Cuando viajaban en colectivo, en ómnibus, en subterráneo o en tren, sucedía lo mismo. La familia Lande insistía en ocupar un sólo asiento, sentándose uno sobre la falda del otro.

Mónica debía entonces inclinar la cabeza para no golpearse contra el techo durante el trayecto.

—¡Qué manía! —comentaban la gente al verlos—. ¡Qué caprichosos!

Pero a los Lande no les preocupaban las habladurías de la gente; ellos eran felices...

Una noche, papa Tomás anunció a su esposa:

—Debemos viajar a Europa, Clara. Tengo que ir a trabajar allí durante un año.

—¡Qué suerte! —gritó Tomasito—. ¡Viajaremos en avión!

—¡Viva! ¡Viva! —aplaudieron los mellizos.

Y así fue. La familia Lande preparó las valijas y partió rumbo al aeropuerto.

El gran problema se presentó cuando —ya en el avión— insistieron en sentarse todos juntos, como de costumbre.

—De ninguna manera, señor —le explicó la azafata a papá Tomás—. No es posible que viajen todos sobre su regazo.

—Deben ocupar un asiento cada uno y sujetarse con los cinturones de seguridad para el despegue —agregó el comisario de a bordo, bastante sorprendido.

El vuelo se retrasó una hora; el tiempo justo para convencer a los Lande a que se separaran. Los demás pasajeros no sabían si reírse o indignarse cuando —finalmente— Mónica bajó de la montaña de carne y huesos, seguida por Javier, Tomasito y mamá Clara.

El avión despegó, llevándolos —por primera vez— sentados cada uno en su asiento.

Al principio no conversaron, ni miraron las nubes, ni aceptaron los bocaditos que les ofrecía la azafata... ¡Tan grande era su malhumor!

Los mellizos fueron los primeros en exclamar:

—¡Qué cómodos viajamos! Entonces, Tomasito se animó y dijo:

—Es cierto papá. ¡Qué confortable es este asiento que ocupo.

Y mamá Clara añadió bajito:

—Hace años que no me sentía tan bien...

Pero papá Tomás no les escuchaba ya: reclinado en su sitio, dormía apaciblemente, con las piernas bien estiradas...

Así fue como los Lande se dieron cuenta de que era más cómodo, mucho más cómodo, sentarse cada uno en una silla y fueron abandonando —poquito a poco— el raro hábito de ocupar todos juntos la misma.

Sin embargo, me han contado que —en el secreto de su casa— siguen sentándose —de vez en cuando— uno sobre la falda del otro...

¡Pero muy de vez en cuando!

Así un conjunto ... con dientes
... ... como otro, mucho más 16
... todo ... en ... más ... mi
... abandonado —... a poco ... el
... había de ocupar todos en los lomos
...

No ... por me han cuidado que ... ep
... sobre ... ... autor base
—... en cuanto... uno sobre ... del
otro...

Detrás, ... y ... una ...

CUENTO GIGANTE

Basado en el poema
El gigante de ojos azules
de Nazim Hikmet

Existió una vez un hombre con el corazón tan grande, tan desmesuradamente grande, que su cuerpo debió crecer muchísimo para contenerlo. Así fue como se transformó en un gigante. Este gigante se llamaba Bruno y vivía junto al mar. La playa era el patio de su casa; el mar, su bañera. Cada vez que las olas lo encerraban en su abrazo desflecado de agua salada, Bruno era feliz.

Por un instante dejaba de ver playa y cielo: su cuerpo era un enorme pez con malla dejándose arrastrar hacia la orilla.

La estación del año que más quería Bruno era el verano. En ella, su patio playero —solo y callado durante el resto del año— volvía a ser visitado por los turistas y a llenarse de kioskos. Entonces, también Bruno se sentía menos solo.

El primer día de un verano cualquiera Bruno conoció a Leila.

El gigante acababa de salir del mar y caminaba distraído. Sus enormes huellas quedaban dibujadas en la arena. De tanto en tanto, Bruno volvía su rizada cabeza para verlas.

De pronto, otros pies, unos pies pequeñísimos, empezaron a pisarlas una por una...

Eran los pies de Leila, una mujercita, una mujercita apenas más grande que sus propias huellas.

Bruno se detuvo, asombrado:

—¿No me tienes miedo? —le preguntó, doblando la cintura.

Leila —larga trenza castaña rematada en un moño— simuló no escucharlo.

Bruno se le acercó un poquito:

—¿Eres sorda acaso? Te he preguntado si no me tienes miedo... —y el aliento del gigante hizo agitar las cortaderas de las dunas.

La mujercita se rió:

—No. ¿Por qué habría de temerte? Eres tan hermoso... La belleza no puede hacer daño...

Bruno se estremeció:

—¿Hermoso yo?

—Sí. Eres hermoso. Me encanta el metro de azul que tienes en cada ojo...

El segundo día de aquel verano, Bruno se enamoró de Leila.

—¿Quieres casarte conmigo? —se animó a preguntarle, quebrando la timidez por primera vez en su vida.

—Sí —le contestó ella—. Quiero casarme contigo...— y se alejó saltando.

El tercer día del verano, no bien la siesta se despertó, Bruno corrió hacia el mismo lugar del encuentro, buscando la larga trenza castaña.

Y la encontró, muy ocupada, juntando almejas en un balde.

—¡Hola, Leila! —le dijo después de mirarla unos segundos en silencio.

—¿Qué tal, Bruno? —le respondió ella. Desde esa tarde, y hasta que terminó el verano, el gigante y la mujercita se encontraron en la playa todos los días.

El último día de las vacaciones, Bruno la tomó de la mano y la llevó —con los ojos cerrados— a conocer la casa que él mismo había construido frente al mar.

—Puedes abrir los ojos, Leila —le dijo, tras caminar un largo trecho por la playa—. Ésta será nuestra casa; aquí viviremos cuando nos casemos... —y el enorme corazón de Bruno hizo agitar su camisa tanto o más que el viento...

Lo primero que vio Leila fue el zócalo, que le llegaba hasta las rodillas...

Después miró la puerta, de la que ni siquiera podía alcanzar el picaporte...

Finalmente echó su cabecita hacia atrás y la contempló entera... Una gigantesca casa de piedra ocupó su atención durante media hora: el tiempo necesario para verla de frente, con sus pequeños ojos.

Puerta de madera, tallada con extraños arabescos...

Ventanales con vidrios azules...

71

Una cúpula allá, en lo alto, tan lejos de la playa... tan cerca de las nubes...

—¡No me gusta! —gritó Leila de repente, con su vocecita chillona—. ¡No me gusta!

—Pero si todavía no la has visto por dentro... —le dijo el gigante un poco triste... —y, tomándola en brazos, franqueó la entrada y llevó a Leila hacia el interior de la casa.

No bien pisaron la alfombra del vestíbulo, Leila protestó:

—¿Y esas escaleras? ¿Para qué tantas escaleras? ¿No hay ascensor en esta casa? ¿Piensas que me voy a pasar el día subiendo escaleras?

—Pero por esta escalera podrás alcanzar el verano... —le explicó Bruno tartamudeando—. Esta otra te llevará a la terraza... Desde allí miraremos ahogarse el sol en el mar todos los atardeceres... Aquélla sube hasta la noche de Reyes... Podrás poner tus zapatos cada vez que lo desees... Ésa llega a un jardín de aire libre... Allí tendrás todo el que quieras para llenarte las manos... Esa otra...

—¡No, no y no, y réquete no! —exclamó Leila pataleando—. ¡No me gusta esta casa! Yo quiero una casita chica, bien chiquitita, con cortinas de cretona y macetitas con malvones...

—Pero allí no cabría yo... —gimió Bruno—. No cabría...

—¡Podrías sacar la cabeza por la chimenea! —aseguró Leila, furiosa— y desenrollar tu barba por el tejado... y estirar tus brazos a través de las ventanas... y deslizar una de tus piernas por la puerta y doblar la otra... y...

No... Bruno era un gigante. Y esa mujercita no sabía que el corazón de un gigante no cabe en una casa chiquitita... Un gigante hace todas las cosas "en gigante"... Hasta sus sueños son gigantes... Hasta su amor es gigante... No caben en casas chiquititas... No caben...

—Adiós, Bruno —le dijo entonces—. No puedo casarme contigo —y, dando varios saltitos, desapareció de su lado.

A la semana siguiente se casó con un hombrecito de su misma altura, y desde entonces vive contenta en una casita de la ciudad, con cortinas de cretona y macetas repletas de malvones.

¿Y Bruno? Pues Bruno sigue allá, junto al mar.

Sabe que cualquier otro verano encontrará una mujercita capaz de entender que su corazón gigante necesita mucho espacio para latir feliz.

Y con ella estrenará —entonces— todas las escaleras de la casa de piedra...

Y con ella bailará en la cúpula, al compás de la música marina...

Y con ella tocará —alguna noche— la piel helada de las estrellas...

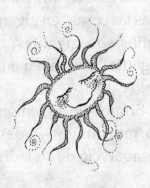

LA MADRASTRA

La mamá de Miguel y Susana había muerto cuando ellos eran muy chiquititos. Miguel tenía dos años y Susana apenas uno cuando aquello había sucedido. Por eso, no podían recordarla. Desde entonces vivían con su abuela —una señora siempre vestida de negro— en una casa en la que se había perdido la hermosa costumbre de sonreír.

Miguel y Susana debían besar todas las noches una fotografía colocada en un gran marco de plata:

—Ésa es tu mamá, Miguel... —decía la abuela señalando la foto...—. Ésa es tu mamá, Susana —repetía.

Algunas noches, antes de que el sueño los fuera a buscar a sus camitas, Miguel y Susana le pedían a su abuela —saltando sobre el colchón:

—¡Abuela, cuéntanos un cuento!

Y la abuela les contaba entonces esos cuentos viejísimos que casi toda las abuelas saben de memoria: *Blancanieves y los siete enanitos... La Cenicienta... Hansel y Gretel...* Ambos la escuchaban muy callados. Pero Susana se chupaba con fuerza el dedo pulgar y Miguel se acurrucaba bajo la colcha cuando —en cada uno de esos cuentos— aparecía la madrastra, una mujer mala como un ogro que hacía sufrir a los chicos que no tenían mamá, justamente como ellos dos.

¡Qué alegría sentían entonces cuando el sol llegaba a la mañana siguiente, barriendo con su luz la noche y esas horribles madrastras de los cuentos!

Los niños no estaban contentos. Los

compañeritos del jardín de infantes tenían una mamá que podía cantar, peinarse, preparar la leche, hamacarlos en la plaza y asistir a todas las fiestas de la escuela con los labios pintados. En cambio, la mamá de ellos dos era una fotografía, una cara bonita, de pelo negro suavemente ondulado, pero solo eso: una fotografía, una cartulina protegida por un vidrio, junto a la cual la abuela colocaba flores en un vaso.

El papá de los chicos trabajaba durante todo el día y cuando llegaba a su casa, cansado pero deseando jugar un ratito con sus hijos, ellos ya se habían quedado dormidos esperándolo.

Nora, la niñera y Paulina, la mucama, aprovechaban el momento para quejarse:

—Ay, señor, Miguel es muy travieso. Este mediodía rompió el plato de la sopa y manchó todo el mantel —decía Nora.

—Lo hizo a propósito, señor —intervenía Paulina.

—Susana es una mal educada —insistía la niñera...— Hoy me contestó de muy mala manera cuando le ordené que reco-

giera las pinturitas desparramadas por el piso de su cuarto.

—Miguel se hizo pis en la cama otra vez —agregaba la abuela—. No hay forma de que aprenda que eso no debe hacerse...

El papá escuchaba con atención y pensaba qué distintos serían sus hijos si la voz de una mamá les enseñara con firmeza y cariño cómo debían comportarse.

Miguel y Susana esperaban el domingo como si fuera la mañana de Reyes. Ese día su papá no trabajaba y era para ellos. Podía llevarlos al circo o a la calesita.

Ese día abrían grandes cajas y dentro de ellas aparecían osos de peluche, trompos, patines, muñecas, trencitos, xilofones...

Su papá quería darles el domingo todo el cariño guardado durante la semana en el mejor bolsillito de su pecho.

Pero los juguetes no sirven si no hay una mamá que enseñe a jugar con ellos... Los osos de peluche no hablan si no hay una mamá que les de un beso y los tape cada noche antes de dormir... Los trencitos no funcionan si no hay una mamá que toque el silbato y los conduzca al país de los duendes...

Por eso, Miguel y Susana estaban serios, de mal humor, se peleaban continuamente, pataleaban y gritaban "por cualquier cosa", como decía la abuela.

Su papá pensaba:

"No es por 'cualquier cosa'... Es por algo muy importante... Les falta los más lindo que puede tener un chico..."

Y decidió traer a casa, para ellos dos, una mamá. Pero una mamá de verdad, que supiera contarles cuentos, que los bañara, que corriera riendo bajo el sol del jardín, que llorara con ellos cuando se enfermara el gato o se perdiera la tortuga...

Y, por suerte, la encontró.

Miguel y Susana la vieron llegar de visita una tarde, con su vestido lila y el pelo claro rozándole los hombros. Parecía una niña, de tan joven, y supo jugar con los chicos tan bien que los dos se quedaron encantados con ella.

—¿Puedo decirte "mami"? —le preguntó Miguel un sábado en el parque, mientras Susana se limpiaba los dedos pegajosos de caramelo en el ruedo de su vestido lila.

Desde ese momento, Miguel y Susana tuvieron una mamá como todos los demás chicos y fueron olvidándose —poco a poco— de besar el retrato.

El papá usaba ahora corbatas de colores y volvía a casa sonriendo, pero sin regalos, porque los niños estaban recién aprendiendo a usar con alegría cada juguete de la pila que llenaba el *placard* de su dormitorio.

¡Qué bello sonido tenía el xilofón!

¡Cuántos colores distintos el rompecabezas!

¡Qué suave era la piel del osito panda! ¡Si parecían otros juguetes! La niñera y la mucama prepararon sus valijas y se fueron a trabajar a otra casa: Miguel y Susana no las necesitaban ya.

Desde entonces, cada vez que la abuela les contaba el cuento de Blancanieves, el cuento de la Cenicienta o el cuento de Hansel y Gretel, en los que aparecía una madrastra terriblemente mala, fea y gruñona, Miguel y Susana le decían riendo:

—¿Pero cómo, abuela, no te diste cuenta todavía de que todos esos cuentos son mentirosos?

Claro, Miguel y Susana sabían que habían encontrado una madrastra de carne y huesos, no una escapada de esos cuentos viejos, escritos para asustar a los chicos... Una madrastra que era su verdadera mamá; porque mamá es quien nos quiere, quien nos cuida cuando estamos con gripe, quien nos enseña a hacer la letra a o el número uno... y todo eso y mucho más era la joven de vestido lila.

Miguel y Susana iban felices al jardín

de infantes. En las fiestas de la escuela buscaban entre los invitados a su mamá, y ahí estaba ella, sonriente o seria, con los labios pintados o con la cara lavada, con el pelo recogido o suelto, como todas las mamás del mundo.

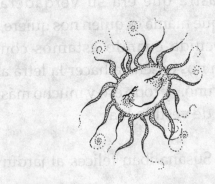

EL AÑO VERDE

Asomándose cada primero de enero desde la torre de su palacio, el poderoso rey saluda a su pueblo, reunido en la plaza mayor. Como desde la torre hasta la plaza median aproximadamente unos setecientos metros, el soberano no puede ver los pies descalzos de su gente.

Tampoco le es posible oír sus quejas (y esto no sucede a causa de la distancia, sino, simplemente, porque es sordo...)

—¡Buen año nuevo! ¡Que el cielo los colme de bendiciones! —grita entusiasmado, y todas las cabezas se elevan hacia el inalcanzable azul salpicado de nubecitas esperando inútilmente que caiga siquiera algunas de tales bendiciones...

—¡El año verde serán todos felices! ¡Se los prometo! —agrega el rey antes de desaparecer hasta el primero de enero siguiente.

—El año verde... —repiten por lo bajo los habitantes de ese pueblo antes de regresar hacia sus casas— El año verde...

Pero cada año nuevo llega con el rojo de los fuegos artificiales disparados desde la torre del palacio... con el azul de las telas que se bordan para renovar las tres mil cortinas de sus ventanas... con el blanco de los armiños que se crían para confeccionar las suntuosas capas del rey... con el negro de los cueros que se curten para fabricar sus doscientos pares de zapatos... con el amarillo de las espigas que los campesinos siembran para amasar —más tarde— panes que nunca comerán...

Cada año nuevo llega con los mismos colores de siempre. Pero ninguno es totalmente verde... Y los pies continúan descalzos... Y el rey sordo.

Hasta que, en la última semana de cierto diciembre, un muchacho toma una lata de pintura verde y una brocha. Primero pinta el frente de su casa, después sigue con la pared del vecino, estirando el color hasta que tiñe todas las paredes de su cuadra, y la vereda, y los cordones, y la zanja... Finalmente; hunde su cabeza en otra lata y allá va, con sus cabellos verdes alborotando las calles del pueblo:

—¡El aire ya huele a verde! ¡Si todos juntos lo soñamos, si lo queremos, el año verde será el próximo!

Y el pueblo entero, como si de pronto un fuerte viento lo empujara en apretada hojarasca, sale a pintar hasta el último rincón. Y en hojarasca verde se dirige luego a la plaza mayor, festejando la llegada del año verde. Y corren con sus brochas empapadas para pintar el palacio por fuera y por dentro. Y por dentro está el rey, que también es totalmente teñido. Y por dentro están los tambores de la guardia real, que por primera vez baten alegremente anunciando la llegada del año verde.

—¡Que llegó para quedarse! —gritan todos a coro, mientras el rey escapa hacia un descolorido país lejano.

Ese mes de enero llueve torrencialmente. La lluvia destiñe al pueblo y todo el verde cae al río y se lo lleva el mar, acaso para teñir otras costas... Pero ellos ya saben que ninguna lluvia será tan poderosa como para despintar el verde de sus corazones, definitivamente verdes. Bien verdes, como los años que —todos juntos— han de construir día por día.

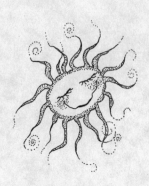

DONDE SE CUENTAN LAS FECHORÍAS DEL COMESOL

Lo llamaban "el Comesol" porque parecía alimentarse de sol crudo, tan gozoso se echaba pancita arriba bajo los más intensos rayos, al tiempo que su hocico se estiraba en algo así como una sonrisa. Su cuerpo era largamente anaranjado, casi un solcito también él, pero un solcito que maullaba...

Los gigantes dos-piernas-largas lo habían abandonado en un baldío y desde entonces vivía allí, pequeño tigre de ciudad retozando entre botellas, tachos, cascotes y arbustos, como si fuera su selva.

No entablaba relaciones con los demás gatos del baldío, que eran muchos. Y como siempre lo veían despatarrarse al sol con su enigmática sonrisa a cuestas, sin hacer otra cosa que tomar "baños", llegaron a la conclusión de que era bobo.

—Ha de tener el cerebro seco de tanto asolearlo...

—Se le hornearon los sesos...

—Dentro de poco será un gato asado... —decían divertidos, mientras el Comesol los miraba rondarlo, sin darles importancia.

"Ni cerebro seco, ni sesos horneados, ni gato asado —pensaba—, ya verán quién soy en cuanto acabe de inventar mi fantástico aparato...", y continuaba panza arriba, solitario y callado, mientras su cuerpo se mantenía inmóvil, pero su pensamiento no. De haber podido echar un vistazo dentro de su cabeza, los demás gatos se hubieran inquietado: números, cálculos, líneas, dibujos y, por sobre todo, un imaginado sol cayendo a plomo dentro de un extraño embudo.

¿Bobo?

¡Vivo!

Planeaba construir un acaparasol. Su proyectado aparato iba a atraer los rayos solares, del mismo modo que los pararrayos se tragan los rayos producidos por las tormentas eléctricas.

¿Vivo?

¡Vivísimo!

Su acaparasol le permitiría atrapar toda la luz del sol que le tocaba al baldío. Los rayos solares enteros serían absorbidos por su increíble aparato, y entonces...

Entonces pasaría justamente lo que pasó: creyéndolo bobo, los otros gatos le dejaron instalar una mañana su raro artefacto. Si hasta le alcanzaron tornillos y cables, suponiendo que era un inservible embudo grandote por el que se deslizarían como por un tobogán...

Pero... no bien instalado y puesto en marcha... zuuuum... el baldío se sumió en la más gruesa oscuridad. Un único cono de luz se proyectaba sobre el aparato.

Desconcertados entre las sombras, todos miraban la luz del día resbalando por el embudo y más allá de los límites de su baldío. Contra las paredes de los altos edificios de los costados, por ejemplo... Sobre la tapia del frente... Encima de las copas de los árboles de la vereda...

El día en todas partes, menos en su territorio.

Entretanto, el Comesol trabajaba activamente, llenando barriles con los rayos de sol que cazaba su máquina.

Los toneles se fueron apilando durante varias horas. Recién entonces los demás gatos se dieron cuenta de las intenciones del anaranjado. Demasiado tarde.

Un cerco de alambre de púas rodeaba acaparasol y toneles, y desde allí dentro, cómodamente instalado en una casilla, el Comesol lanzaba a la venta su singular producto:

—¡Un barril de sol por mil pesos! ¡Un barril de sol por mil pesos!

Hasta ese momento el sol les había pertenecido a todos por igual. Como el aire. Y a ninguno —salvo al Comesol— se le

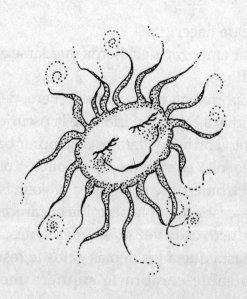

había ocurrido adueñarse de algo que —
por derecho natural— era de todos.

Pero desde esa mañana los gatos del
baldío empezaban a sufrir el desabasteci-
miento de sol sobre su territorio.

¿Mudarse a otro sitio? Jamás. Ni soñar-
lo. Estaban afincados en esa tierra. Además, ¿dónde hallarían espacio suficiente
para tantos gatos? Por otra parte, ¿por qué
irse? No era justa la actitud del Comesol
al apropiarse del astro brillante como si
fuera suyo...

¿Qué hacer?

Por empezar, decidieron quedarse en el baldío.

Soportar sin comprar nada. Pero, desesperados a causa del frío y de la oscuridad, pronto corrieron algunos a comprar barriles de sol. Y en seguida otros. Y otros. Y otros.

El Comesol se enriquecía a ojos vistas. La escasez de sol le permitía encarecer su producto cada vez más... más... más...

Hasta que a los demás gatos le resultó imposible comprarle siquiera medio barril.

El baldío comenzó entonces a helarse alrededor del negocio del Comesol, quien —réquete satisfecho con todo lo que había ganado— abría cada mañana varios toneles sobre su cabeza y derrochaba el sol ante sus compañeros, escarchados hasta la punta de la cola.

La situación había llegado a un estado intolerable. O producían un cambio o sus vidas corrían serio peligro.

Tiritando, un grupo resolvió entonces convocar una asamblea general.

—¡Brrreunión de brremergencia! —se

los oyó maullar a través de un altavoz. Patinaban a ciegas sobre el hielo que cubría el baldío, se chocaban en la oscuridad que lo tapaba, no sabían qué solución encontrar... pero asistían a la asamblea con ganas de encontrarla, y eso era ya muy importante.

—Brrropongo que nos brrrrayamos a brrrotro lado... —dijo uno.

Coreado, un maullido burlón desestimó su propuesta. (¿Irnos? ¡Qué disparate! ¿Por qué perder nuestro territorio?)

—Brrropino que brrruno de nosotros ataque al Comesol... —dijo otro. Y un nuevo maullido burlón recorrió las sombras. (¿Uno solo contra tanto poder? ¡Qué locura! ¡Sería lo mismo que atravesar en zancos un desfile de perros de policía!)

—Cobrrraje, compañeros, cobrrraje... —exclamó por fin el más jovencito de los gatos—. ¿Por brrrqué no todos juntos?

—¡Brrrunidos o congelados! —y ahí nomás se pusieron de acuerdo acerca del modo de enfrentar al Comesol.

Así fue como —horas después y con la

noche ya también alrededor del baldío—un grupo provisto de tenazas se acercó sigilosamente al alambrado que protegía al acaparasol. Al mismo tiempo, otro grupo se aprestaba a destruir el artefacto y un último grupo tejía a todo vapor la red para apresar al "acaparagato".

El calor de la lucha les aliviaba el frío.

De pronto, cerco roto, maullerío general, orden de ¡Ahora! y el Comesol maniatado dentro de la red, sin entender aún lo que había sucedido.

¿Vivo?

¡Bobo!

Nunca había imaginado que todos los demás podían unirse en su contra. Juntos. Juntos.

Y juntos abrieron los toneles de sol que se apilaban formando casi una montaña.

Y juntos destrozaron el acaparasol.

Y juntos ronronearon ante el maravilloso espectáculo: suelto el sol de los barriles y sumado al que en ese instante se asomaba sobre el baldío, una luz deslumbrante lo invadió todo. El día más luminoso de cuantos habían vivido empezaba a amanecer y a derretir el antiguo hielo. Un día estallando de luz, lo mismo que sus ojos, otra vez libres. Lo mismo que el sol, que desde esa mañana volvió a ser compartido por todos.

Sí. Por todos. Porque el Comesol —después de un merecido encierro en las tinieblas de una cueva construida en el baldío (tiempo durante el cual fue alimentado con sol en gotero) —entendió. Por suerte para él, el egoísmo helado que llevaba adentro se fundió de a poquito y —de a poquito— volvió a retozar entre botellas, cascotes y arbustos del baldío junto a sus compañeros.

Puntual e indiferente, arriba seguía saltando el sol.

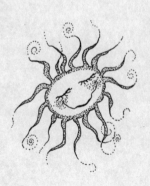

LA CASA-ÁRBOL

La casa en la que mis dos hermanos y yo
crecimos era lo más parecido a un árbol
que puedan imaginarse. Para ser sincera,
debo decirles que era un árbol. La cons-
truyó papá, elevándola sobre sólidas raíces, colocando con esmero rama por rama,
pegándole hoja tras hoja durante el último
mes de cierta primavera.

Cuando estuvo lista, los comentarios de
nuestros vecinos agitaron su follaje de tal
modo que —por varios días— no nos fue
posible habitarla: una tormenta de mur-

muraciones la doblaba en extrañas reverencias...

—¿Pero qué ha hecho don Carlos? ¡No es una casa! ¡Qué disparate! ¡Es un árbol!

Papá sonreía en silencio. Sus ojos, hermosos caleidoscopios, pasaron de celestes a grises, de grises a violetas, de violetas a verdes.

Bien verdes. Como nuestra casa-árbol.

—¡La más bella! —aseguró papá por lo bajo.

Y nos invitó a contemplarla hasta que llegó la noche. Entonces, la ocupamos felices. No fue necesario contratar los servicios de ninguna empresa de mudanzas para transportar nuestras pertenencias. Teníamos tan pocas cosas...

Una campana, que papá cargó en sus brazos como a una niña desmayada...

Un farol, con su lucecita protegida por mamá...

Un larguísimo chal blanco, que mi hermana Trudi enrollaba cantando...

La flauta de Alejo y tres o cuatro libros de versos, sujetos entre mi cinturón y el flaco contorno de mi cadera.

Muy pronto aprendimos a trepar hasta la copa, saltando de rama en rama con suma facilidad, sin rasgar las leves cortinas que las arañas nos tejieron de inmediato, descendiendo cada vez que la campana nos anunciaba la hora de comer y de repartir frutas y flores con gorriones y vecinos.

Y la casa-árbol siguió subiendo y subiendo, sin importarle su falta de techo y cerraduras, abierta al aire de cada día...

Allí pasé mi infancia.

Hasta que una noche se secaron las raíces de nuestra casa o se durmieron... vaya a saberse por qué sí o por qué no... El invierno nos desalojó y tuvimos que irnos.

Mis padres y mis hermanos se fueron acostumbrando a vivir, como todos los demás, en resistentes casas de ladrillos, en graciosos chalets o en confortables departamentos, donde el aire ondula al impulso de un acondicionador y los mosquitos son puntos que tiemblan del otro lado de los cristales. Pero yo no pude. La mirada se me perdió entre las ramas de nuestra querida casa, las risas se me volaron con sus hojas y ya no pude olvidar que crecí en un árbol.

La gente no lo nota. Ni cuando, en vez de hablar, suelto un gorjeo a los que me escuchan... ni cuando mi afónico chillido reemplaza alguna carcajada...

Ni cuando se me caen plumas en vez de lágrimas...

Ninguno se asombra.

Nadie sabe que soy un pájaro.

CUENTO CON CARICIA

No sabía lo que era una caricia. Nunca lo habían acariciado antes. Por eso, cuando el Changuito rozó su plumaje junto a la laguna —alisándoselo suavemente con la mano— el tero se voló. Su alegría era tanta que necesitaba todo el aire para desparramarla.

—¡Teru! ¡Teru! ¡Teru! ¡Teru! ¡Teru! ¡Teru! —se alejó chillando.

El Changuito lo vio desaparecer, sorprendido. La tarde se quedó sentada a su lado sin entender nada.

—¡Hoy me han acariciado! ¡La caricia es hermosa! —seguía diciendo con sus teru-teru...

—¡Eh, tero! ¡Ven aquí! ¡Quiero saber qué es una caricia! —le gritó una vaca al escucharlo.

El tero se dejó caer: un planeador blanco, negro y pardo, de gracioso copete, aterrizando junto a la vaca...

—Esto es una caricia... —le dijo el tero, mientras que con el ala izquierda rozaba una y otra vez una pata de la vaca—. Me gusta tu cuero, ¿sabes? No imaginaba que fuera tan distinto de mi plumaje...

La vaca no lo escuchaba ya. Pasto y cielo se iban mezclando en una cinta verdeazul con cada aleteo del ave. Ni siquiera sentía las fastidiosas moscas...

Con varios felices muuu... muuu... se despidió entonces del tero.

¿Caminaba o flotaba?

¿Mugía o cantaba?

¿Soñaba?

No. Era tan cierto como el sol del atardecer, bostezando sobre el campo.

Era verdad: ella sabía ahora lo que era una caricia...

Distraída, atropelló a un armadillo que descansaba entre unos matorrales:

—Cuidado, vaca, ¿no ves que casi me pisas? ¿Qué te pasa? ¿Estás enferma?

"Este quirquincho no puede entender... —pensó la vaca—. Es tan tonto... ", y continuó caminando o flotando, mugiendo o cantando...

Pero el animalito peludo la siguió curioso, arrastrándose lentamente sobre sus patas.

Finalmente, la chistó:

—Sh... Shhh...¿No vas a decirme qué te pasa?

Suspirando, la vaca decidió contarle:

—Hoy he aprendido lo que es una caricia... Estoy tan contenta...

—¿Una caricia? —repitió el armadillo, tropezando con el nudo de una raíz—. ¿Qué gusto tiene una caricia?

La vaca mugió divertida:

—No, no es algo para comer... Acércate que te voy a enseñar... —y la vaca rozó con su cola el duro y espeso pelo del animalito.

Su coraza se estremeció. Tampoco a él lo habían acariciado antes...

¿De modo que ese contacto tan lindo era una caricia? Para ocultar su emoción, cavó rápidamente un agujero en la tierra y desapareció en él.

La noche taconeaba ya sobre los pastos cuando el armadillo decidió salir. La vaca se había ido, dejándole la caricia... ¿A quién regalarla?

De pronto, un puerco espín se desperezó a la puerta de su grieta. Era la hora de salir a buscar alimentos.

—¡Qué mala suerte tengo! —exclamó el armadillo—. ¡Encontrarte justamente a ti!

—¿Se puede saber por qué dices esa tontería? —gruñó el puerco espín, dándose vuelta enojado.

—Pues... porque tengo ganas de regalar una caricia... pero con esas treinta mil púas que tienes sobre el cuerpo... voy a pincharme....

—¿Una caricia? —le preguntó muy interesado el roedor—. ¿Te parece que mis dientes serán lo suficientemente fuertes para morderla? ¿Es dulce o salada?

—No, amigo, una caricia no es una madera de las que te gustan tanto... ni una caña de azúcar... ni un terroncito de sal... Una caricia es esto... y frotando despacito su caparazón contra la única parte sin púas de la cabeza del puerco espín, el armadillo se la regaló.

¡Qué cosquilleo recorrió su piel! Un gruñido de alegría se paró en la noche. Su primera caricia...

—¡No te vayas! ¡No te vayas! —alcanzó a oír que el armadillo le gritaba riendo. Pero él necesitaba estar solo... Gruñendo feliz, se zambulló en la oscuridad de unas matas.

La mañana lo encontró despierto, aún sin desayunar y murmurando:

—Tengo una caricia... Tengo una caricia... ¿A quién podré dársela? Ninguno me la aceptará... Tengo tantas púas...

—¿Estás loco? —le dijo una perdiz.

—¡Se ha emborrachado! —aseguró una liebre.

Y ambas dispararon para no pincharse.

El puerco espín se enroscó. Su soledad de púas le molestaba por primera vez...

Ya era la tarde cuando lo vio, recostado sobre un tronco, junto a la laguna.

El Changuito sostenía con sus piernas la caña de pescar. Un sombrero de paja le entoldaba los ojos.

Dormitaba...

El puerco espín no lo pensó dos veces y allá fue, llevándole su caricia.

Su hociquito se apretó un momento contra la rodilla del Chango antes de escapar —temblando— hacia el hueco de un árbol.

El muchachito ni siquiera se movió, pero a través de un agujerito de su sombrero lo vio todo.

—¡El puerco espín me acarició! —se dijo por lo bajo, mirando de reojo su rodilla curtida—. Esto sí que no lo va a creer mi tata... —y su silbido de alegría rebotó en la laguna.

"¿Dormita el Chango?

¿Sonríe?

¿Pesca o silba?", se preguntó la tarde.

Y siguió sentada a su lado sin entender
nada.

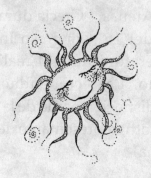

Un elefante ocupa mucho espacio

Este libro fue publicado —en primera edición— en diciembre de 1975 y bajo el sello de Ediciones Librerías Fausto. Debido a la entusiasta recepción que le brindaron los lectorcitos argentinos, fue coeditado —poco después— por las editoriales Latina y Círculo de Lectores.

En octubre de 1976 fue incluido en el CUADRO DE HONOR DEL PREMIO INTERNACIONAL "HANS CHRISTIAN ANDERSEN" otorgado por IBBY (International Board on Books for Young People) por considerárselo "un ejemplo sobresaliente de literatura con importancia internacional" (sic.). El premio se decidió en Austria —por primera vez para un escritor argentino —y Elsa Bornemann lo recibió en Atenas / Grecia durante la celebración del 15° Congreso Internacional de Literatura Infantil realizado ese mismo año. La recomendación para recibir esa distinción partió de la Profesora Martha Salotti, representante del IBBY en la Argentina.

En octubre de 1977, los quince cuentos que integran "UN ELEFANTE OCUPA MUCHO ESPACIO" fueron prohibidos por Decreto 3155 del Poder Ejecutivo Nacional a cargo de la Junta Militar —de facto— por considerarse —entre otros conceptos igualmente injuriosos— que "se trata de cuentos destinados al público infantil con una finalidad de adoctrinamiento que resulta preparatoria para la tarea de captación ideológica de accionar subversivo" (sic) y que "de su análisis surge una posición que agravia a la moral, a la familia, al ser humano y a la sociedad que éste compone" (sic).

En 1984 —"Un elefante ocupa mucho espacio" reapareció en la República Argentina debido al retorno de la democracia.

OTROS TÍTULOS

De por qué a Franz le dolió el estómago
Christine Nöstlinger

Las vacaciones de Franz
Christine Nöstlinger

Las enfermedades de Franz
Christine Nöstlinger

Solomán
Ramón García Domínguez

El país más hermoso del mundo
David Sánchez Juliao

¡Hurra! Susanita ya tiene dientes
Dimiter Inkiow

Yo y mi hermana Clara
Dimiter Inkiow

Yo, Clara y el gato Casimiro
Dimiter Inkiow

Yo, Clara y el papagayo Pipo
Dimiter Inkiow

De cómo decidí convertirme en hermano mayor
Dimiter Inkiow

King-Kong, mi mascota secreta
Kirsten Boie

Torre azul (a partir de 9 años):

El misterio del hombre que desapareció
María Isabel Molina Llorente

Cuentos y leyendas de Rumanía
Angela Ionescu

El pájaro verde y otros cuentos
Juan Valera

Leyendas de nuestra América
Ute Bergdolt de Walschburger

La redacción
Evelyne Reberg

Diecisiete fábulas del zorro
Jean Muzi

Diecisiete fábulas del rey león
Jean Muzi

Dieciocho fábulas del lobo malo
Jean Muzi

La ratoncita-niña y otros cuentos
León Tolstoi

El misterio del punto ciego
Christine Ehm

Deseado
Patrick Hullebroeck

Angélica
Lygia Bojunga Nunes

La vida secreta de Hubie Hartzel
Susan Rowan Masters

Tres buches de agua salada
Verónica Uribe

El sapito solitario
Erwin Moser

La silla vacía
Irina Drozd

Aventuras de los trillizos ABC
Hilde Kähler-Timm

Doble o nada
Marc Talbert

El duende del carpintero
Ellis Kaut